Growing Up on the Playground
Nuestro patio de recreo

By / Por
James Luna

Illustrations by / Ilustraciones de
Monica Barela-Di Bisceglie

Translation by / Traducción de
Gabriela Baeza Ventura

PIÑATA BOOKS
Piñata Books
Arte Público Press
Houston, Texas

Publication of *Growing Up on the Playground* is funded in part by grants from the City of Houston through the Houston Arts Alliance and the Clayton Fund Inc. We are grateful for their support.

Esta edición de *Nuestro patio de recreo* ha sido subvencionada en parte por la Ciudad de Houston por medio del Houston Arts Alliance y la Clayton Fund Inc. Les agradecemos su apoyo.

Piñata Books are full of surprises!
¡Piñata Books están llenos de sorpresas!

Piñata Books
An Imprint of Arte Público Press
University of Houston
4902 Gulf Fwy, Bldg 19, Rm 100
Houston, Texas 77204-2004

Diseño de la portada por / Cover design by Bryan Dechter

Names: Luna, James (James G.), 1962- author. | Barela-Di Bisceglie, Monica, illustrator. | Ventura, Gabriela Baeza, translator. | Luna, James (James G.), 1962- Growing up on the playground. | Luna, James (James G.), 1962-
Growing up on the playground. Spanish.
Title: Growing up on the playground / by James Luna ; illustrated by Monica Barela-Di Bisceglie ; Spanish translation by Gabriela Baeza Ventura = Nuestro patio de recreo / por James Luna ; ilustraciones de Monica Barela-Di Bisceglie ; traducción al español de Gabriela Baeza Ventura.
Other titles: Nuestro patio de recreo
Description: Houston, TX : Piñata Books, an imprint of Arte Público Press, [2018] | Summary: From the first day of kindergarten, Ana and her friends have fun and encourage each other on the playground until, in sixth grade, they must leave it to the younger children.
Identifiers: LCCN 2018008426 (print) | LCCN 2018015610 (ebook) | ISBN 9781518505522 (epub) | ISBN 9781518505546 (pdf) | ISBN 9781558858718 (alk. paper)
Subjects: | CYAC: Playgrounds—Fiction. | Friendship—Fiction. | Growth—Fiction. | Schools—Fiction. | Spanish language materials—Bilingual.
Classification: LCC PZ73 (ebook) | LCC PZ73 .L856 2018 (print) | DDC [E]—dc23 LC record available at https://lccn.loc.gov/2018008426

∞ The paper used in this publication meets the requirements of the American National Standard for Permanence of Paper for Printed Library Materials Z39.48-1984.

Printed in Hong Kong on March 2018–June 2018
by Book Art Inc. / Paramount Printing Company Limited
7 6 5 4 3 2 1

This book is dedicated to all the kids who loved playing and learning so much
that they become teachers, especially you, Juanita.

Thank you to Samerah Barreras, who explained how she grew up on the playground as
we walked to lunch, and gave me the idea for this story.

—JL

Thank you, my friends and family that have encouraged me to pursue my art. Especially to my
husband George and my two children Anthony and Nicolas; you are my everything.

—MD

Le dedico este libro a todos los niños a quienes les encanta jugar y aprender tanto que se convierten en
maestros, especialmente a ti, Juanita.

Agradezco a Samerah Barreras quien me contó cómo creció en el patio de recreo mientras caminábamos al
almuerzo y eso sirvió de inspiración para esta historia.

—JL

Agradezco a todos mis amigos y familia que me alentaron a dedicarme al arte. En especial a mi
esposo George y nuestros hijos Anthony y Nicolas, son todo para mí.

—MD

On Ana's first day of kindergarten, the slide stood like a mountain. Her heart beat as she climbed each rung. At the top, she looked at her friends and said, "I'm the tallest kid in the school!"

"Slide!" Natalie yelled.

"Go!" Gabriel called.

Feet out, hands up. Down, down, down to the bottom and her new friends.

El primer día de kínder de Ana, el tobogán parecía una montaña. Su corazón latía más y más con cada escalón que subía. Desde arriba miró a sus amigos y dijo —¡Soy la niña más alta de la escuela!

—¡Tírate! —gritó Natalie.

—¡Dale! —dijo Gabriel.

Con los pies extendidos y las manos en alto se deslizó, deslizó y deslizó hasta llegar a donde estaban sus nuevos amigos.

Ana met Karina in first grade.

"I love swings," Karina said. As they swung, Karina told Ana, "Higher! Higher! Kick the sky!"

Ana closed her eyes, kicked the sky and felt a giggle in her tummy.

Ana conoció a Karina en primer grado.

—Me encantan los columpios —dijo Karina. Y mientras se columpiaban, Karina le dijo a Ana —¡Más alto! ¡Sube! ¡Toca el cielo con los pies!

Ana cerró los ojos, pateó hacia el cielo y sintió una risita en la pancita.

In second grade, Ana's class went to the zoo. The next day at school, Ana and her friends swung like monkeys, hung by one arm and ate pretend bananas. They called to the other kids, "Ooo, ooo, ooo! Can you do what we do?"

En el segundo grado, la clase de Ana fue al zoológico. Al siguiente día en la escuela, Ana y sus amigos se colgaron de un brazo como monos y comieron plátanos imaginarios. Les gritaban a los otros niños —Uuu, uuu, uuu, ¿puedes colgarte tú?

Ana and her friends made basketball teams every recess in third grade. They dribbled a huge ball. The hoop stretched to the clouds, so most shots fell half way up. But when they shot the ball high, the net would *whoosh* with the sound of the basket.

"You made it!" the friends all cheered.

Ana y sus amigos hicieron equipos de baloncesto durante todos los recreos del tercer grado. Rebotaron un balón bien grande. El aro parecía estar en el cielo, tanto que la mayoría de los tiros no alcanzaban la meta. Pero cuando lograban lanzar el balón bien alto, éste pasaba zumbando por la red.

—¡Lo hiciste! —gritaban los amigos.

Ana showed Karina how to play handball like her brother had taught her.

"Hit the ball!" Ana yelled.

"Here it comes!" Karina laughed as she smashed the ball against the wall.

But by the end of fourth grade, Karina had moved away.

Ana le enseñó a Karina a jugar pelota a mano. Su hermano se lo había enseñado a ella.

—¡Pégale a la pelota! —gritó Ana.

—¡Ahí viene! —se rio Karina al lanzarla con fuerza contra la pared.

Pero Karina se mudó para fines del cuarto grado.

Fifth grade was made for soccer. Ana and her friends showed the boys how to play it. They learned new words for new plays, like bicycle kicks and headers.
Everyone's favorite word was "Goooooal!"

El quinto año estaba hecho para el fútbol. Ana y sus amigas les enseñaron a los niños cómo jugarlo. Aprendieron nuevas palabras para las nuevas jugadas como la bicicleta y los cabezazos.
La palabra favorita de todos era "¡Goooool!"

In sixth grade, everything changed. Ana and her friends were told to leave the playground for the little kids. So on the last day of school, Ana and her friends made sure to slide down the slide . . .

En el sexto grado, todo cambió. Les dijeron a Ana y a sus amigos que le dejaran el parque de recreo a los niños chicos. Así que el último día de clase, Ana y sus amigos decidieron deslizarse por el tobogán . . .

swing on the swings . . .

columpiarse . . .

hang like monkeys . . .

colgarse como monos . . .

dribble and shoot . . .

rebotar y lanzar el balón . . .

smash the ball against the wall . . .

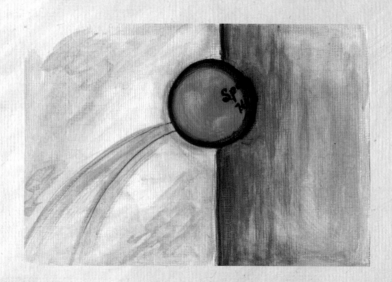

lanzar la pelota con fuerza contra la pared . . .

pass and kick a goal . . .

hacer pases y meter un gol . . .

and say good-bye to it all.
Until . . .

y despedirse de todo.
Hasta que . . .

she returned. On her first day as a teacher, Ana and her students . . .
swung and hung,
dribbled and shot,
smashed,
passed and kicked
and laughed
and learned.

regresó. En su primer día como maestra, Ana y sus estudiantes . . .
se columpiaron y se colgaron,
rebotaron y lanzaron,
lanzaron con fuerza,
pasaron y patearon
y rieron
y aprendieron.

James Luna currently teaches six grade and sometimes plays on the playground at Madison Elementary School in Riverside, California. Before that, he played on playgrounds in San Bernardino, California. He is the author of *A Mummy in Her Backpack / Una momia en su mochila*, *The Place Where You Live / El lugar donde vives* and *The Runaway Piggy / El cochinito fugitivo*, the recipient of the 2012 Tejas Star Award. He lives with his family in Riverside, California. Learn more about James Luna at www.moonstories.com.

En la actualidad, **James Luna**, es maestro de sexto grado y a veces juega en el parque de recreo de la escuela primaria Madison en Riverside, California. Antes de eso jugaba en los parques de San Bernardino, California. Es autor de *A Mummy in Her Backpack / Una momia en su mochila*, *The Place Where You Live / El lugar donde vives* y *The Runaway Piggy / El cochinito fugitivo*, ganador del premio 2012 Tejas Star. Vive con su familia en Riverside, California. Aprende más sobre James Luna en www.moonstories.com.

Monica Barela-Di Bisceglie is a life-long artist and musician. She earned her BFA in Studio Painting and Printmaking at the University of Texas at Austin. An elementary art educator in New Mexico, she loves working in all media, but is happiest watching old movies and animations with her family and pet cat Totoro. Fiercely proud of her Hispanic heritage, Monica resides in Rio Rancho, New Mexico.

Monica Barela-Di Bisceglie ha dedicado toda su vida al arte y a la música. Se recibió de la Universidad de Texas en Austin en Pintura de Estudio y Grabados. Como educadora de arte para las escuelas primarias en Nuevo México, a Monica le gusta trabajar con todos los medios artísticos pero disfruta más el ver películas antiguas y dibujos animados con su familia y su gato Totoro. Vive en Rio Rancho, Nuevo México y está intensamente orgullosa de su herencia hispana.